KB067481

내가 가진 산책길을 다 줄게

내가 가진 산책길을 다 줄게

정우신 시집

POET

아시아

차례

내가 가진 산책길을 다 줄게

POET

넝쿨

시외버스터미널에 걸려 있는 전신거울을 좋아해요

버스는 타지 않고 거울만 한참을 들여다보다가 돌아오
곤 합니다

지난밤에는 민달팽이를 찾아다녔던가요

더듬이의 촉감이 궁금했던가요

꽃을 고르다 보면 인기척이 느껴집니다

내 얼굴에 얽힌 당신의 얼굴을 길러봅니다

꽃잎

꽃 피어요

꽃이 피고 지는 동안

사랑을 하는 사람도 있고

사랑이 뭘까요

묻는 사람도 있네요

공원 벤치에 앉아

꽃잎을 볼 때

물의 뼈를 느낄 때

나비에게

새에게

안녕, 인사를

알 수 없는 풀들을

비집고

더 알 수 없는 곳으로

사월은 흘러갑니다

당신이 있던 곳
꽃이 피어 있네요

망각의 줄기를
타고
꽃이 피네요

이마로 날아오는 꽃잎

당신은 봄비로 속삭이고
나는 흙으로 쏟아지는
눈물이라고
적어봅니다

꽃이 피었던 자리

아무도 없는데

피고 지는 자리

꽃 있어요

꽃 있어요

휴일

당신의 창가

물을 마시고
둘러봐도
아무도 없네요

빗소리 듣다가
콩나물을 다듬었습니다

바글거리는
물비린내

아무도 없는 것이
새삼스러워

가스불 켜고
모든 창을 닫아봅니다

산책

끝내려 했는데
내가 끝낼 수 없다는 것을 알았습니다

아무 버스나 타고
골목길을 걸었습니다

오늘은 고양이가 자주 보이네요

청파동 세탁소 앞을 지나며 생각했어요

무슨 말을 해야 했을까
무슨 말을 들었어야 했을까

담장 밑에 푹 쓰러진 그림자의 신발을 신고

별자리를 걸어봅니다

길의 끝

눈을 꽉 감으면

보이는

밤하늘 색

스팀이 눌어붙은 유리마다

어둠은 맑게 퍼지는데

별소리 일렁이는데

당신과 조금 더 걸을 수 있다면

무슨 이야기를 할까

어떤 농담을 들려줄까

그것은 도로 위의 고양이처럼

나를 통과하는 버스처럼

끝내려 했는데

내가 끝낼 수 없다는 것

편의점에 들어가
삼각김밥을 사 먹었습니다

골목 어귀 어디선가
생담배 냄새가 납니다

사거리 꽃집

당신과 걸었던
동네를 다시 걸어봅니다

미용실이 부동산으로 바뀌고
익숙한 오토바이 핸들의 방향
고개가 축 늘어진 나뭇가지
여전한데

그때도 지금도
당신은 아무 말이 없습니다

느린 바람을 잘 맞이하는 사람

버려진 우산을 살펴보거나
머리를 다시 묶고
나비를 바라보네요

당신은 불러도 대답을 하지 않고

나무 그늘에 누워보거나

깊이를 재어보며

휘날리고 있습니다

더 이상 읽을 간판이 없을 때

연인들은 눈을 감고

여기가 마지막이라고 맹세하네요

나는 나뭇잎처럼

색을 바꿀 수도

떨어질 곳도 없지만

당신과 나란히

날아보는 연습을 합니다

사랑

당신은 어떤 표정으로
마지막 물을 건넜습니까

연둣빛이
여름을 두 바퀴
지날 때

꽃신을 가지런히 두고

당신은
어느 나무에서
쏟아지고 있습니까

호수에 비친 당신
두 손으로 옮겨봅니다

흰 천을

머리끝까지 덮은 자리

아카시아 피어납니다

물가에서

풀과 뱀이 섞이는 것은 사랑이다
적어놓고
잠시
당신을 잊고 있습니다

버드나무가 바람의 등을 쓸어주듯
당신에 대해서라면
나는 헤매입니다

나뭇가지의 마른 손가락들
검지는 전부 잘려 있네요

사랑을 마치고
모공을 열고 나와 피를 내뿜는
실지렁이들

물과 흙을 번갈아가는

계절처럼

당신을 잊고 있었어요

고목

젊은 시절의 아버지 사진을 보았습니다

어깨동무를 하고 있는 사람은 점집을 차렸고

그 사진을 찍은 사람은

오 년 전 정미소에서······

지네가 방으로 모여들었는데

꿈이 아닌 것 같아

입을 헹궜습니다

아버지의 한 손에는 청테이프가 들려 있고

다른 손은 바닥에 놓여 있네요

우글거리는 나뭇잎들……

어디선가 백합향이 훅 끼치듯

아버지 몸속을 드나들고 있습니다

뱀

온종일 당겨도 끝이 보이지 않는 밧줄이 있습니다 반대
쪽에는 분명 당신이 있을 것 같아 어느 날은 끌려다니기
만 했습니다 밧줄이 끊어지고 처음과 끝이 뒤섞여 당신의
얼굴을 찾을 수 없었습니다

당신은 당신에게 갇힌 나의 얼굴을 찾기 위해 끊어진
밧줄마다 무늬를 그려놓고 끌었다가 놓았다가 합니다

사랑과 환경

잉어 두 마리
저수지의 크기를 가늠하며
뻐끔거려요

논에
쪼그려 앉아
알을 쏟아내는 소년

갓 나온 유충의 껍데기에 들어가
온기를 느껴봅니다

어디서 죽은 매미들을
물어오는 걸까

당신은 나를 까놓고
저수지로 돌아갑니다

피부에

물이 닿을 때마다

전기가 돌아요

겨울비

늙은 뱀처럼

아랫배가 새하얘질 때까지

안개는 새벽을 밀고 나옵니다

나는 길가에 떨어진 나뭇잎을

돌돌 말아봅니다

당신의 소리

나지막이 내보는 새가 있습니다

미리내 빌라

무너져야 완성되는 하루가 있습니다

도시에는 죽은 친구도
살아가는 친구도 있고요

사과나무가
인부를 애먹이고 있네요

나의 청춘은 여기서 끝입니다

정육점으로 모인
개와 고양이
동네 사람들

신이 부싯돌을 켜는지
저만치 은하수 흐릅니다

절망의 지붕을 얼마나 더 높여야 할까요

가정에는 죽은 가족도
죽지 않은 가족도 있고요

은하수 지나던 방향으로
사과꽃 한없이
휘날립니다

햇살은 십자가로 빛나고

흙과 자갈의 얼굴로
기어오는
봄이 있습니다

공터

입 한가득
햇볕을
머금고

신음을
길러내는 중

세대를 교체하는 중

잡초가
다른 잡초를
낳고 있습니다

물과 집

햇빛은 균등합니까

아파트와 주상복합

상가와 오피스텔의 차이

층마다 커피 맛이 다르고

체위가 다르고

사람이 사람 위에

놓일 수 있을 것이라는 기대

단지 밖의 아이들

놀이터를 이용할 수 없습니다

바퀴벌레와 중국집 전단지와 대출이자의 긴 생명력

세포를 줄이면

아이는 가능할까요

꽃피는 골목

야간작업을 마치고 집으로 돌아오다가
월급봉투를 잃어버렸습니다

살점이 패인 곳
사과나 오이를 썰어두고 열을 식혀요

오줌과 담배가 떠다니는 기름통에 등을 기대고 우는 동
안

톱날처럼

들쑥날쑥 핀 철쭉이 소년의 가슴을 지나갔어요

고시원

소년은 놓이게 되었습니다

찬장의 그릇처럼

빈방을 채워가는 거미줄처럼

벽지에 눌어붙은 살냄새

아무런 이유도 없이 놓였습니다 소년은

신문으로 창문을 만들어보다가

입구를 찾는 날벌레처럼

머뭇거리며

연습장 한 권을 쓰지 못하고

창틀과 형광등의 차원에 놓인

나방처럼

한 사람이 살던 방으로 날아와

빈 육체를 포개봅니다

흰

나는 흔적이 될 수 있을까요

절벽과 강물
사이

남은 손을 버리고

팔이 닿지 않는 곳을 향해봅니다

당신이 오는 날이면

나는 어둠의 한가운데
앉아 있겠어요

끝나지 않은 이야기

내가 가진 산책길을 다 줄게요

감나무와 가로수와 하천을 옮겨가며 체온을 바꾸는 햇
살과 바람과
걸음 소리와 기찻길을 모두 줄게요

우리 이야기를 들으며
우월해지는 사람
유전되는 사람

어느 날은
그림자가 신의 귀 같아요

신은 우리집에 사랑과
우울을 흘려놓고

그것을 훔쳐갔다고 생각하는 것 같아요

우리는 그것을 죽어가는 병아리처럼

가슴에 품고 다니며

세상의 징검다리에 대해 썼어요

신은 구름으로 퍼즐 놀이를 하며

폭설을 일으키거나

무지개를 띄워놓고 긴 잠을 잡니다

우리는 새끼오리들을 옮겨주거나

물 위에 나뭇잎을 띄우고

멀리 간 바람과

우물 바닥 이끼를 향해 손가락을 뻗어보는

아주 오래된 햇살에 발등을 적셔보고

서로에게

가진 것을 모두 주었습니다

말을 잃은 당신으로부터

당신의 자식으로부터

반복될 것입니다

십자가를 보면 등이 간지로워지는

가난한 소년의 이야기가

악수

빈방에 오랫동안 담겨 있으면 안과 밖이 헷갈립니다

흰빛이 일렁여
메슥거리고

막 나온 유골함
따듯한 뼛가루를 만지는데

당신이었어요

백야

당신이 보고 싶어서 눈을 감으면 당신의 얼굴은 보이지 않고 당신이 이름 붙인 벚나무, 물푸레나무, 아카시아나무만 웅성거립니다

언제부턴가 당신은 빛으로 말을 건네서 나는 알 수 없어요 길의 끝까지 걷다 보면 당신이 서 있지 않을까 생각하며 꿈에서 나가지 않았습니다

사람의 힘으로는 풀 수 없는 것이 있다던데 그것이 사람인지 사랑인지 당신의 말인지 나무의 말인지 몰라 눈을 떠보면

당신은 내 눈동자에 들어와 눈을 깜박이고 있네요

저수지

나는 나의 물을 메고 당신의 심장까지 차올랐는데
당신은 나를 가둬두기만 합니다

창가에서

모퉁이를 돌면 당신은 바삐 돌아섭니다

눈동자에 비친 구름은 석양을 향해 달려가는데

사랑을 심어둔 당신은 어디서 지내는지 모르겠습니다

사람들은 세수를 하거나 옷을 갈아입으며 시간을 만들어냅니다

오늘의 산책을 끝내고 유서를 써볼까요

당신은 그대로인데 나는 무엇을 찾고 있었을까요

수련과 수레

흙을 뒤척이는

빗물처럼

나는 당신을 찾아가겠어요

손수건으로

육체를 닦아봅니다

병실 창가

당신이 오랫동안

바라보던 곳

보이기 시작했어요

종

그림자를 업고
석탄을 캐는데
빛이 튕겨져 나왔어요

잡히지도
구부러지지도
않는

진흙에서 걸어나온

그것을 어떻게 할지 몰라

강물에 던졌습니다
땅에 묻었습니다
아궁이에 넣었습니다

그것은 심장에서

나올질 않네요

밤의 곡괭이가
나를 찍는
소리 들려요

살림

산바람이 불어오면

당신의 방에서
숨소리가 들리는 것 같습니다

골짜기
흙물처럼

불어나는 당신

가늠할 수 없어진 당신의 방 안에서

나는 밥을 짓습니다

청보리밭

나의 사랑

으깨진 밤의 다리에 붙어

감전되고 있어요

풀벌레처럼

송전탑에 올라 죽은 제비를 가꿔봅니다

의수처럼

의미에서 지시로 건너간 당신

아득한 당신

나는 입가에 진달래 묻히고

당신의 미소를 떠올렸어요

시인 에세이

1.

　밤하늘을 오래 바라보고 있으면 삶의 반경이 무한히 늘어나는 것 같다. 별의 움직임 속에 어느덧 나는 갇힌다. 세상의 모든 것을 끌어안고 있는 어둠의 질감이 부드럽다. 아무것도 보이지 않고 어느 누구도 나를 볼 수 없다는 생각에 오히려 자유를 느낀다. 회전하는 밤하늘은 나에게 현기를 준다. 살아 있다는 느낌을 준다. 중력이 잠시 방향을 바꾼 것 같다. 그것은 허께비일 것을 안다. 그럼에도 나는 속는다. 다정한 사람과 함께 따뜻한 술잔을 나누며 이야기를 나누는 어느 겨울날의 장면처럼 실체라고 믿는다.

　새벽 네 시, 눈이 내린다. 별들로부터 눈이 내린다. 아니 눈으로부터 눈이 내리는 것 같다. 얇고 커다란 흰 점박이 커튼이 나풀거린다. 어둠의 안과 밖은 어떻게 구분할까? 외부에는 귀신이 있고 내부에는 사람이 있는 것일까? 생각에 무게가 생긴다면 지구는 더 빠르게 추락하지 않을까. 눈송이에 기댄 빛이 아름답다. 신은 빛의 고드름에 찔린 웅덩이, 아무것도 보지 못하고 우리를 비추기만 한다. 우리는 어쩌면 눈물이라는 고드름을 평생 머금고 다니는

지도 모르겠다. 들숨과 날숨처럼 얼렸다가 녹이기를 반복하며 끝끝내 물방울 하나를 눈 밖으로 내밀고 끝을 맞이하는 생물들처럼.

삶의 결과가 고작 짠맛 도는 물방울 하나라고 생각하면 웃음이 난다. 그 물방울이 식물이나 동물이 될 수도 있지만, 결국 다시 물방울이 되어 바다로 나가 지구의 일원이 될 것이라는 상상을 하면, 결국 지구도 어떤 생명체의 눈물 한 방울이라면 우습기도 하고 딱하기도 하다. 정신과 의사는 이런 전개가 건강에 이롭지 않다고 한다. 그러나 이런 것들은 나의 실패를 조금은 감춰주는 것 같아 소중하다. 나라는 존재의 하찮음을 구체적으로 보여준다. 산뜻해서 섬뜩한 기분이 든다. 어떤 먹먹함이 상처를 잘 파먹을 수 있도록 내가 열려 있는 상태가 되는 기분이랄까. 이런 날엔 내가 옥수수 껍질 같기도 하고 아무렇게나 다져진 고기나 썩은 우유 같다. 나는 상처 받은 마음을 쉽게 덮지 못하고 그 기억만 가지고 하루를 모두 써버리는 버릇이 있다. 시는 그것을 낫게 해주지는 않지만 잘 흘려보낼 수 있게 도움을 준다.

한 방울의 물은 가장 느리게 번지는 빛 같다. 빛의 속도는 사랑과 관련이 있다고 노트에 적어본다. 수학자라면 여기서 어떤 공식을 발견했을까. 빛이 어둠 안에서 움직이듯이 나는 당신을 돈다. 개미, 무당벌레, 반딧불, 자갈 같은 것에 눈길이 간다. 그것들은 꽃 주변에 있고 꽃 주변에는 풀과 바람이 있다. 떨어진 꽃잎이나 나뭇잎을 모으다 보면 곤충들과 친구가 될 수 있다. 곤충의 미세한 움직임을 반나절 동안 바라보면 나는 싱싱한 흙이 된 것 같다. 살아 있는 것도 좋고 죽은 것도 좋다. 슬픔과 절망이 모습을 바꾸며 다가오지만 나는 눈을 감을 수가 없다. 눈송이가 어둠의 바닥에 닿아 녹아내리듯, 그저 바라볼 수밖에 없다.

그렇게 꿈도 아니고 현실도 아닌 순간을 즐기다 보면 눈발은 얼마간의 안정을 준다. 눈발의 간극을 보며 평균의 삶에 대해 생각해본다. 당신이 있던 자리에 서서 눈송이를 뭉쳐보거나 돌을 던져본다. 노트에 다시 적어본다. 물이 의식을 갖게 된다면 바다에서 제일 먼저 걸어 나오는 것은 무엇일까. 그것들은 어떤 모습으로 살아가게 될까? 사랑을, 사랑을 할까? 그러다가 나는 알게 되었다. 여기는 아무도 없다는 것을, 아무도 없는 흰 방에 내가 놓여 있다는 것을.

2.

아무 버스나 타고 한 번도 가보지 않은 동네에 내렸다. 무작정 걸었다. 공단과 철공소가 있는 골목이다. 막 절단된 쇠의 식어가는 냄새가 골목길을 따라 흐른다. 쇠 냄새를 맡으면 죄를 지은 기분이 든다. 노동 앞에서 나는 무기력한 풀이다. 건물과 건물 사이 축 늘어진 전깃줄에 새들이 나란하고 그 아래에는 소년이 쪼그려 앉아 있다. 소년은 손가락을 주무르며 앞코가 닳은 작업화를 바라본다. 인기척을 느꼈는지 소년이 고개를 돌린다. 죽은 사람의 얼굴이 나의 얼굴을 통과한다. 그 사람의 체취가 스카프처럼 감긴다. 나는 미동을 할 수 없었다. 어떤 말도 내뱉을 수 없는 순간이 있다. 발목부터 굳어가던 근육이 올라와 혀에 닿은 듯하다.

당신과 걸었던 골목을 걸었다. 혼잣말을 했다. 누군가를 오래 기다리다 보면 자신을 잊어버릴 때가 있다. 멀리 떠내려간 자신을 되돌리는 데에 산책만큼 좋은 건 없는 것 같다. 산책은 어제의 나와 미래의 나를 하나의 길 위에 올려놓을 수 있게 한다. 나는 산책길의 나무들처럼 줄지어서 있는 나들 중에서 구부러진 나를 하나 골라본다. 시외 버스터미널로 향했다. 차창 밖의 산과 들판을 본다. 창문에 비치는 나의 모습을 본다. 풍경에 잠겨 떠다니는 얼굴이 낯설다. 비가 온다. 당신은 내 얼굴을 봤을까. 알 수 없는 풀들 사이로 풀들이 내린다. 계절과 계절을 접으며 나비가 불쑥 날아든다. 그것이 누구인지, 무엇을 의미하는지 나는 알지 못한다. 꽃을 고르다 보면 마음이 생긴다. 꽃을 들고 당신과 걸었던 골목길을 다시 걸었다.

렌즈를 통해 멀리 떨어진 별도 보고 세포도 볼 수 있지만, 당신을 볼 수 있는 눈이 아직 나에게는 없다. 당신은 느낌으로 오고 기분으로 증발한다. 당신과 조금 더 걷고 이야기를 나눌 수 있는 시간이 주어진다면 좋겠다. 낯선 곳을 걷다 보면 당신이 내 곁에서 나란히 걷고 있진 않을까 하는 생각을 하게 된다. 당신을 행간에 녹여내며 시가 더욱 어려워진 것 같다. 사랑 없이 흘러가는 일상이 아깝다. 당신과 닿을 수 없지만, 닿을 수 없는 거리에 놓인 것들을 볼 수 있어서 다행이다. 나에게 남은 시는 얼마나 있을까? 시인으로 계속 살아갈 수 있을까? 시가 들어간 질문 앞에선 늘 아프다.

우리 동네 제일 높은 곳엔 성당이 있다. 성당에 들어가

목적이 없는 기도를 했다. 당신은 나를 텅 빈 방으로 끌어당기는 것 같다. 나는 당신 안에 있던 나를 견딜 수 없어서, 당신 안을 떠도는 수많은 나를 침묵시켰다. 당신의 품에서 나는 영원히 살아 있지만, 당신의 나는 나에게로 살아서 돌아오지 못할 것이다.

물의 문을 열고 들어 간 당신에게, 내가 가진 산책길을 다 줄게.

발문

영원한 오늘의 산책길

김동진(문학평론가)

날씨가 좋을 때, 기분이 울적할 때, 마음이 복잡할 때 우리는 종종 산책을 나간다. 산책은 세계 속에 자신의 몸을 활보시키는 일이다. 산책길에 오른 사람은 자신을 둘러싼 세계를 몸으로 감각한다. 멀리 앞질러 나가는 자전거, 하천 산책로의 풀냄새, 놀이터에서 들리는 웃음소리 같은 것들. 시인의 말로는, "시외버스터미널에 걸려 있는 전신거울"(「넝쿨」), "세탁소"의 "스팀이 눌어붙은 유리"(「산책」) 같은 것들. 산책길에 위치한 사물들은 감각을 거쳐 우리에게 침투한다.

내면에 들어온 대상들은 사유를 추동한다. 산책길에서 작동하는 사유는 의식적인 작업이 아니다. 자연스럽게 생각이 의식을 향해 뚫고 올라온다. 산책이 우리의 기분을 바꿔줄 수 있는 것도, 새로운 발상이 떠오르게 해주는 것도 그래서 가능한 일이다. 산책은 바깥을 걷는 일인 동시에, 우리 마음을 걸어보는 일이기도 하다. 육박하는 세계에게 사고의 주도권을 넘겨주고, 자유롭게 떠오르는 생각들을 살피며 무의식 속에 잠재된 자신을 발견하는 것이 산책의 한 기능이라고 해도 좋을 것이다.

자신이 가진 산책길을 다 주겠다는 시인의 말에 흥미가 이끌리는 것은 그런 이유 때문이다. 산책길을 주겠다는 말은, 자신이 걸었던 길을 안내해주겠다는 뜻일 수도 있고, 시인이 산책을 하면서 느꼈던 것들을 보여주겠다는 비유적 표현일 수도 있다. 의도가 무엇이든 우리는 시인이 어떤 사람인지 알 수 있을 것이고, 또 그 과정에서 우리와 우리를 둘러싼 세계를 알게 될 것이다.

시집 속에서 가장 많이 맞닥뜨리는 것은 "당신"을 보는 화자의 모습이다. "시외버스 터미널에 걸려 있는 전신거울"을 보며 자신의 "얼굴에 얽힌 당신의 얼굴을 길러"본다는 화자(「넝쿨」), "당신과 걸었던/동네를 다시 걸어"보며 "불러도 대답을 하지 않"는 "당신"을 생각하는 화자(「사거리 꽃집」)처럼, 시집 곳곳에 "당신"을 부르는 화자들이 있다. "당신"이 "내 눈동자에 들어와 눈을 깜박이고 있"다는 화자의 고백으로 미루어보아(「백야」), 화자가 끝없이 "당신"을 떠올리는 것은 세계의 사물들이 그에게 "당신"을 생각하게 만들기 때문인 듯하다. 화자는 시선이 닿는 모든 곳에서 "당신"을 느낀다. 시에 등장하는 화자들은 모두 "당신"이라는 존재에게 강하게 붙들려 있다.

세계 곳곳에서 "당신"을 발견하는 화자의 모습이 매우 의미심장하게 느껴진다. 세계가 떠오르게 만드는 화자의 내면 깊숙한 곳에 "당신"이라는 타자가 자리하고 있다는 의미이기 때문이다. 중요한 것은, 시집에 등장하는 "당신"을 어떤 인물로 특정할 수는 없지만, 적어도 그가 살아 있는 존재는 아닌 것처럼 보인다는 점이다. "당신은 불러도 대답을 하지 않"는(「사거리 꽃집」), "마지막 물을 건"넌 사람이며(「사랑」), "저수지로 돌아"간 사람이고(「사랑과 환경」), "막 나온 유골함" 속 "따뜻한 뼛가루"다(「악수」). "당신"은 죽은 사람이다.

죽음은 사람과 사람을 돌이킬 수 없을 만큼 멀리 갈라 놓는다. 어떤 방법을 쓰더라도 인간은 죽음이 발생시키는 간격을 넘을 수 없다. 하지만 기억은 언제까지고 산 사람의 머리에 남는다. "당신"이 "나를 가둬두기만" 한다는 화자의 말처럼(「저수지」), 누군가를 떠나보낸 사람은 상실의

무게에 짓눌려 하루를 보낸다. 화자가 산책길에서 "당신"을 발견하는 것도 자연스러운 일이다. "당신"이 떠나면서 생긴 빈자리를 세계가 가리킨다. 화자는 속절없이 세계의 손가락을 따라 눈을 돌리고 자신 속의 구멍을 목도한다. 세계가 "아무도 없는" "당신의 창가"가 된다(「휴일」).

시인의 문장을 따라 여기까지 도달하면, 시집의 모든 시가 경어법을 사용한 대화체로 쓰인 이유를 깨닫는다. 시인은 "당신"에게 말을 걸고 있다. 대답이 돌아오지 않을 것을 알면서도, "온종일 당겨도 끝이 보이지 않는 밧줄"의 "반대쪽에 분명 당신이 있을 것 같"다는 마음으로 열심히 말을 건넨다(「뱀」). 동시에 그것은 독자인 우리에게 말을 건네는 것이기도 하다. 시인이 만드는 텍스트는 발표되어 독자들에게 당도할 것이기 때문이다. 시인은 그것을 알면서도 "당신"에게 말을 건네듯 시를 썼다. 그 이유를 이해하는 것이 『내가 가진 산책길을 다 줄게』를 읽는 방법이다.

글은 쓰는 사람 자신을 돌아보게 만든다. 추상적이었던 사고와 감정들을 언어의 규칙에 따라 포착하고 배열하면서, 글을 쓰는 사람은 미처 알지 못했던 내면의 자신을 만

난다. 이는 앞서 언급한 산책과 비슷하다고 볼 있다. 산책 길을 준다는 말은 그가 산책을 하면서 떠오른 것들을 전한다는 의미도 있었지만, 그의 텍스트 자체가 하나의 산책길을 이룬다는 의미이기도 하다. 독자들은 그것을 따라가면서 시인이 어떤 감정을 느끼고 있는지 알게 된다. 시인의 감정은 "바글거리는/물비린내"와 같은 후각(「휴일」), "사랑을 마치고/모공을 열고 나와 피를 내뿜는/실지렁이들" 같은 시각(「물가에서」), "갓 나온 유충의 껍데기에 들어가" 느끼는 "온기" 같은 촉각의 이미지로 독자들에게 각인된다(「사랑과 환경」). 독자들은 감각적인 이미지로 시인의 기분을 느낀다. 시인은 말 그대로 자신을 보여준다. 『내가 가진 산책길을 다 줄게』를 좋은 시집이라고 평가할수 있는 이유는, 시인의 감정이 정황과 이미지로 독자에게 각인되기 때문이다.

시인이 만들어낸 산책길은 사라지지 않는다. 시는 시간과 공간을 초월하여 언제나 독자가 시를 읽는 지금, 이곳으로 되살아난다. 그가 "당신"을 활자로 적어 남기는 것도 그러한 면에서 기인한 행동일 것이다. 시간이 흐르면 감정은 풍화된다. 설령 한 주체 안에 새겨진 감정이 사라지지 않더라도, 사람은 언젠가 반드시 죽는다. 하지만 시는 세계에 계속 남는다. 탈고하는 순간 글은 작가에게서 떨어져 나와 세계 속을 부유하는 사물이 된다. 독자들이 글을 읽을 때마다, "당신"을 바라보는 시인의 산책길이 끊임없이 현재화되는 것이다. 그래서 시인은 "당신"에게 부치는 글을 우리에게 남긴다. "당신"이 언제까지고 현재로 귀환할 수 있도록, 그를 생각하는 시인의 마음이 항상 지금으로 되돌아올 수 있도록, 자신의 산책길을 모두에게 주는 것이다.

정우신에 대하여

정서를 과장하지 않는 단정한 진술의 어조와 그 속에 담긴 개성적 이미지들은, 그가 언어에 남다른 감각을 가지고 있음을 보여줍니다. 무엇보다 익숙하게 훈련된 시적 화법에서 벗어나 자신만의 고유한 언어를 찾으려는 노력이 엿보인 작품들이라는 점에서, 이 시인이 보여줄 가능성의 세계에 기대를 걸게 합니다. 화려한 이미지들과 현란한 화법들을 가진 시인들이 주목받는 현실에서, 그가 가야 할 길은 힘겹고 고독할 수도 있을 것입니다. 하지만 언어와의 고투는 오로지 시인의 몫이고, 절망과 고통 또한 시인의 운명입니다. 이 시인이 자신의 언어를 통해 한층 빛나는 시 세계를 열어가기를 바랄 뿐입니다.

이기성, 「어떤 비밀을 위하여-신인추천 심사평」,

『현대문학』 2016년 6월호.

정우신의 시는 한 발 더 나아가려고 한다. 리플리컨트
－시인이 삶의 "빛에 자꾸 무언가를 얹"으려고 한다. 극적
인 탈바꿈을 시도한다. 그렇게 해야 시인으로서 삶을 견
딜 수 있기 때문이다. 정우신이 선택한 것, 전진하는 것.
지금이 'in progress' 순간이다. 고치 속에, 항아리 속에
꿈틀거리는 것, '나'－리플리컨트－시인. (⋯) 그는 '리플
리컨트'를 떼어낼 것이다. 실패하더라도, 사랑을 잃더라
도, 시를 쓸 것이다. 정주하지 않는 그의 시가 삶의 고투
를 추진하는 동력이 될 것이다. 고치가 찢어졌다. 나비가
날개를 펼친다. "선생의 나비"(『不二門』)가 정우신에게 날
아간다.

장석원, 「리플리컨트, 사랑을 발견하다」,

『현대문학』 2020년 5월호.

K-포엣

내가 가진 산책길을 다 줄게

2022년 11월 30일 초판 1쇄 발행

지은이 정우신
펴낸이 김재범
인쇄·제책 굿에그커뮤니케이션
종이 한솔PNS
펴낸곳 (주)아시아
출판등록 2006년 1월 27일 제406-2006-000004호
주소 경기도 파주시 회동길 445
전화 031.944.5058
팩스 070.7611.2505
홈페이지 www.bookasia.org
전자우편 bookasia@hanmail.net

ISBN 979-11-5662-317-5(set) | 979-11-5662-615-2

값은 뒤표지에 있습니다.

바이링궐 에디션 한국 대표 소설

한국문학의 가장 중요하고 첨예한 문제의식을 가진 작가들의 대표작을 주제별로 선정!
하버드 한국학 연구원 및 세계 각국의 한국문학 전문 번역진이 참여한 번역 시리즈!
미국 하버드대학교와 컬럼비아대학교 동아시아학과, 캐나다 브리티시컬럼비아대학교 아시아
학과 등 해외 대학에서 교재로 채택!

바이링궐 에디션 한국 대표 소설 set 1

분단 Division

산업화 Industrialization

여성 Women

바이링궐 에디션 한국 대표 소설 set 2

자유 Liberty

Through literature, you
bilingual Edition Modern

ASIA Publishers' carefully selected

Set 1

Division

Industrialization

Women

Set 2

Liberty

Love and Love

Affairs

South and North

Set 3

Seoul

Tradition

Avant-Garde

Set 4

Diaspora

Family

Humor

Search "bilingual edition

can meet the real Korea!
Korean Literature

22 keywords to understand Korean literature

Set 5
Relationships
Discovering
Everyday Life
Taboo and Desire

Set 6
Fate
Aesthetic Priests
The Naked in the
Colony

Set 7
Colonial Intellectuals Turned "Idiots"
Traditional Korea's Lost Faces
Before and After Liberation
Korea After the Korean War

korean literature"on Amazon!

K-픽션 한국 젊은 소설

최근에 발표된 단편소설 중 가장 우수하고 흥미로운 작품을 엄선하여 출간하는 〈K-픽션〉은 한국문학의 생생한 현장을 국내외 독자들과 실시간으로 공유하고자 기획되었습니다. 원작의 재미와 품격을 최대한 살린 〈K-픽션〉 시리즈는 매 계절마다 새로운 작품을 선보입니다.